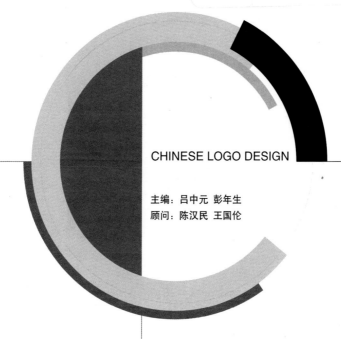

CHINESE LOGO DESIGN

主编：吕中元 彭年生
顾问：陈汉民 王国伦

图书在版编目(CIP)数据

商业类专辑.2／林家阳等编著.

－武汉．湖北美术出版社，2001.1

(中国标志创意／吕中元 彭年生 主编)

7－5394－1076－0

Ⅰ.商...

Ⅱ.陈...

Ⅲ.商标企业－标志－中国－图集

Ⅳ.J524.4

中国版本图书馆 CIP 数据核字(2000)第 84995 号

中国标志创意 · 商业类专辑 2

主编：吕中元 彭年生

策划：李中扬 桂美武

顾问：陈汉民 王国伦

协助：台湾视觉形象设计协会

责任编辑：桂美武

封面设计：刘欣欣

终审：彭年生

整体设计、制作：太阳创意（武汉）有限公司

出版：湖北美术出版社

发行：湖北美术出版社

地址：武汉市武昌黄鹂路 75 号

经销：全国新华书店

印制：深圳华新彩印制版有限公司

开本：889mmx1194mm 1／32

印张：2

版次：2001 年 8 月第 2 版

印次：2001 年 8 月第 2 次印刷

ISBN 7－5394－1076－0／J.988

定价：18.00 元

目　录

C O N T E N T S

引　言

中国的文字语言文明在历史上有着灿烂的光辉，而作为视觉语言的图形符号在历史上也与文字语言文明交相辉映，其历史的渊源也可追溯到至少 5000 年前的陶工印记。人类文明进入 20 世纪以来，标志设计的运用涉及到社会的各个方面，包括政府机构、学校、学术团体、工商企业以及文体活动等，大到国徽国旗，小到私人标志。

特别是改革开放 20 年以来，标志设计的成果在改革的春天里更是万紫千红。众多的优秀设计作品层出不穷，设计新秀也如雨后春笋，以商标标志为核心的形象设计逐渐成为企业发展自身品牌的战略，标志设计与经济的互动为设计师提供了广阔的发展空间。标志设计在促进中国的文化和经济的发展中扮演着重要的角色。

新的世纪给标志设计的新意提出了更高的要求，时代要求我们标志设计师创意出符合时代的新作。

创意，是标志设计的生命。

创造是人的本质存在方式，是人的本质的实现，是人生意义之所在。只有在创造中，人才能有自由，人就是这样，为了自己创造了一个价值的世界。

一个有生命力的标志设计，除了是一个特定的讯号、信息、象征符号以外，从创意者的角度来看，他不仅闪烁着独创的智慧火花，而且还必须具备以下三个条件：

一、创意中的审美观照

创造一个有特定功能的符号，它无论是商标，还是文化标志，以及其它的形象符号，都必须具有审美的特征，才有艺术的高度。一个泛泛的符号，只能是一个平平淡淡的自然物，它没有属性，也没有功能，只有通过一番艰苦的创意过程，才能诞生一个具有生命力的标志符号。一个美的生命也一定要遵循美的法则来创意。它的构架，它的点、线、面之间的关系，它的色彩处理，是否符合美的形式法则，这是标志创意的前提。一个标志的创意在视觉形式上必然忠实地反映出作者的文化素质和审美情趣。标志的视觉语言是极为精练的，它的一笔一画都是经过反复推敲的，就像文学中的诗一样"两句三年得，一吟双泪流"。标志创意的误区和陷井就是不顾美的形式法则的东拼西凑，把几种内容的原素进行简单的形体相加。

二、创意中的功能内涵

标志设计是一个羁绊艺术，它受本身所要表达内容的限制，实用价值是它独立存在的意义所在，它的制约也正是它的创意特色。一个好的标志设计，正是把它实用，功利的制约转换成为新颖、独创的契机，以多重的素养功底，以浓厚的知识积淀，以宽广的思维区域，以深入浅出的智慧，以巧妙的构思顺应制约，天衣无缝地体现标志所要表达的视觉含义，使其成为一个区别于其他符号的独立生命。这是标志设计的一种境界。这种境界还讲究一种可遇不可求的法则，标志设计是一种形象语言，使用形象是为了表达内涵，而这种表达则不能离开人们的一般视觉经验和识别习惯。制约条件和巧妙的构思合二为一，是一种自然天成。美国心理学家 S·阿瑞体曾经指出，创造是由不合逻辑开始，再经逻辑的润饰和整合，最终达到超越逻辑。也就是从不合常理的"意料之外"创造性地去达到人们能够接受的"合乎情理"之中。

三、创意中的工艺制约

一个成功的标志要适用于各种用途。相对来说，放大也可以用，缩小也可以用；平面印刷可以用，立体雕刻也可以用。远看惊心动魄，近来玩味无穷。时代的进步，科技的发展，给标志使用提供了广阔的空间，也给标志的工艺制作提供了良好的技术。许多手工作业的标志制作被电脑所代替，许多复杂的视觉排列形体和彩色的光效应也逐步用于标志设计。但是标志有标志的属性，标志有标志的语言，他应该是精练再精练的视觉语言。他必须适应在一般环境里的制作。标志创意时必须考虑到在只要用一笔的时候，不要用两笔；在只要用一套色的时候，不要用两套色；在不要色彩过渡的时候，最好不用，把工艺制作的简单化和把标志工艺制作计入成本核算，这也是一个好的标志创意应该具备的。

此套书所征集的标志作品不仅有新意，而且在这三个方位也观照得比较好，我们在整理他们原始手稿时深深地感到，一个标志的创意，他的价值不仅仅在于登载他创意成功的结果，而展示一个标志创意的心路历程和去剖析一个标志创意从草图到完稿，从他的创意思维轨迹中获得一点借鉴，这个价值也是不可轻估的。

本书编辑的特点，不在于标志创意的终极价值，而是着重介绍一个标志的思维耕耘过程。

陈汉民 吕中元

2000 年 12 月

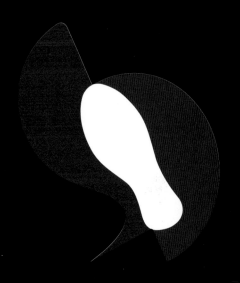

尊龙鞋业控股公司

林采霖　1997

以尊龙英文字首" S "、" D "巧妙结
合成鞋子形象, 明确诠释行业属性
与积极突破的精神文化。而红色象
征热忱的服务, 搭配研发创新的蓝
色, 传达其经营理念与美好发展远
景。

浙江古越龙山绍兴酒股份有限公司

林家阳　1999

编钟是中国最为古老的乐器，它所寄托的音乐意境与黄酒的文化品格融为精神世界共通的情感空间。钟声的悠扬清丽与黄酒的绵长甘美，在"古越龙山"这一音韵节奏感较强的名称上找到了结合点。钟声是乐中最强音，黄钟大吕所展现的正是"古越龙山"在黄酒中的第一品牌形象。

用首字"古"进行象形变化。由书法中遒劲的"一"笔与编钟同构，韵味十足地表达出企业对传统文化的继承与发扬。同时"一"也体现了公司所遵循的"一流的企业、一流的产品、一流的服务、一流的形象"宗旨。

华表是民族文化精神"龙腾云祥"的写照，用华表的云翼作为标志的元素，以民间喜庆的剪纸形式，犹如轻盈通透的翅膀，喻示企业的腾飞和永恒。同时，"云"与编钟中的"龙"互为表里，和谐统一。

标志中水纹的运用，意在表现绍兴水乡文化和鉴湖的区域特征，与龙相谐，揭示黄酒文化悠游自如的精神特征。

标志采用中华民族尊崇的黄色和吉祥喜气的红色，富有民族特色，充实饱满。

整个标志设计强调企业的文化精神，注重传统元素与现代表现形式的结合。大气、祥和、个性突出，具有较强的识别性，充分展示了"古越龙山"在黄酒中的王者气度和执着追求。

一、基本形的企业内涵发掘
二、形态的艺术抽象化与高度概括性与企业内涵和谐统一
三、传统元素与现代表现形式的结合，完美传达了品牌形象

新兴策划公司（日本）

刘欣欣　1990

该公司是一家以年轻人为主体的综合策划公司。公司的经营理念是"创造、向上、合理"。

朝气向上和创造性，同时也提醒年轻人不要忘记掌握现实社会中的合理性。（客户要求把英文字母"s"和"c"安排进去）。

我用水墨书法的表现手法，把英文的"Ｓ"设计成了一个相互交织，相互呼应的似中国八卦形的图形。整体图形给人一种循环永不休止的上升感和无限的空间感，颜色选用了旭日东升的红色与图形结合，象征着永恒和上升。用圆环切去四分之一，形成C的形状。圆是最完整的几何图形，它代表了科学的合理性。它与充满动感的八卦形Ｓ一动一静相补相应，使感性和理性的两个方面完整的统一在一个画面里。用东方哲学的代表图形和传统水墨书法表现形式与西方文字结合组成一个新的图形，东西交融的表现形式既满足了客户的要求，也体现了我的表"意"的设计思想。

DAITOEN GOLF

大东园高尔夫（日本）

刘欣欣　1992

大东园高尔夫是日本最大的室内高尔夫练习场。

考虑到它的商业性立意为明朗、愉快、健康和易懂性。用挥舞的球杆组成一个花环，意在表达通过反复练习，您的成绩将如同春日盛开的鲜花光彩夺目。用球杆这典型的道具让观者一目了然，绿色代表明朗和健康，同时也象征即使是一个初学者在这里也会如春天的嫩草一样茁壮成长，也代表健康愉快。

三峡酒厂

吕淑梅 樊黎

一轮红日照中天，巍峨的高山之中，穿越着滔滔大河，这就是形象化的三峡酒厂标志，它蒸蒸日上，朝气蓬勃，象征着这座老酒厂时逢盛世对前途充满着光明和希望。三峡酒厂标志将三峡酒厂的地理位置、优质水源、企业奋斗目标高度浓缩概括，图形化。这里没有文字的出现，纯粹的图形构成，力图简练、明了、易记。主题鲜明突出大方，寓意深邃。

1. 山的可视形象为△，寓为三峡之山
2. 巧用了三字拼音 S，构成了长江江流，横穿三峡峡谷，点出了三峡意境
3. 使三峡气势、律动、形式、美感都得到进一步的加强
4. 酒窖、酒质与圆的完美有机地联系起来，具有酒文化更深层次的内涵

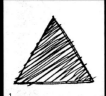

1　2　3　4

南方实业总公司

吕中元　1999

朱雀是中国古代神话中的南方之神，象征着胜利（古代传说中有败北胜南一说），同青龙、白虎、玄武合称为四神。用朱雀作为标识基本形，有利于充分展示南方实业总公司高举理想而奋发向上追求胜利。标志以五星为中心，展示出中国人民解放军第三产业的属性，同时传达了企业在经营管理上将继承军队优良作风的坚强信念。

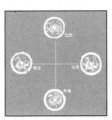

金帆装饰建材有限公司

罗斐　2000

标志造型简洁有力，稳定而富有创造力的三角形，如金字塔般稳固而长久，象征企业求实稳健的发展势态。造型中跳跃的弧形打破了三角形的方正和拘谨，赋予了标志的空间与张力。并勾勒出在水面上急驶的帆船，具有强烈的动感。

1.金字塔
2.波浪中急驶的帆船

前清老醋有限公司

母林　1999

前清老醋有限公司标志整体上摘取了汉语拼音"前清"两个相同的大写开头字母，加以艺术变形，并结合前清的"顶戴花翎"加以演变而成，突出其"前清"配方，前清命名的百年"老醋"的意义。

以汉语拼音"前清"两个大写开头字母"Q"为基本形，展开构思。

武汉市新大都百货超级商场

欧阳超英　1996

这是一间大型的超级百货商场，专门出售高档日用百货商品，80％的商品来自进口。商场主要面对的是顾客，服务的是人，因此，标志取以"人"为"大"的意念来象征超级百货商场的企业经营理念：顾客至上为大。

大字结构的"人"形由多条线构成，寓意百货商场的货物品种及多元化的经营格局。

标志有一种向上趋势，寓意商场的发展辉煌。

三峡证券有限责任公司
欧阳超英　1997

标志由钱币图形、水波浪及字母"TGS"（三峡
证券英文缩写）三大要素构成。钱币寓意金融、
证券，它形象地传递了证券公司这一特定的行
业特征。水波纹形，使人联想到三峡江涛的起
落，由此折射出三峡证券"构筑中国资本市场的
三峡工程"之宏图伟业。

字母"Ｔ"由波浪及显示证券行情的翻版组成，
即" "；"Ｇ"即标志主形" "；三条
水波曲线和显示证券行情的显示板构成"Ｓ"
即" "，标志整个造型向右倾斜并呈上升
趋势，显示了企业稳定发展的气势。标志主色定
为金黄色和红色，寓意公司前景灿烂辉煌，给人
以振奋感。

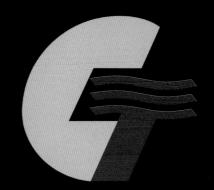

三峡证券有限责任公司
THREE GORGES SECURITIES CO., LTD.

湖北神箭汽车工业有限公司

乔焱林

符合时代潮流，配合本身资源，走向规模经营——实为突破成长的三个条件，神箭公司是一个不断茁壮成长的企业，在走向现代化的过程中必须有一套全新的识别形象。

○提升企业形象　○树立企业理念　○创造企业文化

○倡导企业文化　○建立企业特质

以期形成现代化多元化的企业，使神箭汽车进入广大的中国家庭。

得益乳制品

邱婉华　1997

点滴皆浓情

1、以商品性质——液体为此标志的造型基本元素。以突出商品的特征，让人一望而知。

2、配合红、蓝两种饱和的色彩、迎合食品类商品的需要。

3、用四方形作标志的总体形态，以有利于配合系列包装的设计。让产品有个鲜明的识别特征。

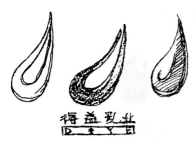

湖北雪龙纺织实业集团股份有限公司

商世民

标志形象以"雪龙纺织实业集团"之"雪龙"的拼音大写字母"X"为基础设计要素。运用平面构成之手法巧妙的将"X"构成标志主形。着重强调湖北雪龙纺织实业集团的"行业"特征。以传达湖北雪龙纺织实业集团与日同辉、永兴长久、不断发展的企业理念。

标志形象鲜明、视觉传达力强、大气、易于形象扩展，具有未来标志形态特征。

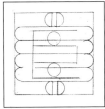

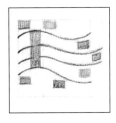

广州市白云区雅曼化妆品厂

石萍

以美臣的汉字笔画为主体形象变化而来，水波纹形的横线和彩色方块组合，体现了化妆品的美丽、飘逸、浪漫的特色。

小马哥企业

唐唯翔 1991

将一匹原本无亲和力的黑马，转换为色彩鲜艳儿童喜爱的"小马哥"，英文品名上更以"SHOW MARK"直接而贴切的诠释。宣传策略上将"小马哥"商品化，形象塑造上，将"小马哥"塑造成英雄人物——儿童的代言人，小朋友的好朋友，使小马哥拟人化、生活化。

以清新、活泼、健康可爱的拟人化的小马哥为设计表现。小马哥身穿深绿衣、配带警徽，表达儿童心中英雄的正义与神气。

色彩上以红、黄、蓝、绿鲜明跳跃的色彩，展现儿童丰富多元的色彩世界。

大颖智业有限公司

滕达

该企业是一家以智力输出为主要业务的公司，"颖"在汉语中的本意是"麦芒"，并有智慧、才能之意。

标志创意来源于谷穗的造型，最终演变成火，象征智慧的光芒。

1.麦穗的变形
2.火光的变形
3.智慧的火光

侬依佛化妆品品牌

涂以仁　1999

侬依佛产品品牌系列，以纯静、轻逸、舒畅为产品特色。强调人本自然概念，佛教始祖释迦牟尼佛在菩提树下静思修道，终而悟道，因而以菩提树为发展理念。其叶子犹如一角状卵形，先有长尾巴状的尖突、叶柄长、随风飘舞，符合本系列产品之特色。且能让使用者使用本产品后，能领悟本产品奥妙处。

Pinco

盘古视觉形象设计有限公司

涂以仁　1997

以盘古英文 Pinco 之 "  " 字为设计元素，其转动符号，象征向下扎根、向上发展，意味着盘古"开天辟地"之涵义。眼睛代表视觉形象完善之整合规划，有世界宏观之理念。

" ◀▶ " 箭头的双向意念，意味着与客户沟通与互动达到双赢的目的。

色彩规划则经黄、紫色对比，有创新、新潮、前瞻性。红、绿之色彩突显公司对视觉形象策略有强烈信心。

开运食品系列

涂以仁　1998

古人对分有木、火、土、金、水等
五种属性，依据中医处方之君、臣、
佐、使原则，制造出能够强烈显示
五行特性之食品，称之为"五行开
运食品"，此图以河图生数命名分
别为105（属水），205（属火），305
（属木），405（属金），503（属土），
配合"八字"之所需，及命卦之吉
数，制为图式，意为食用该五行食
品，令身体吸收此强烈之"五行
气"，可帮助人与天地间自然之五
行气相感应，而以行星运转为设计
概念，依序木、火、土、金、水之
循环运转，其相互连结成为一五角
形，与本产品之特色"以命观道，
以气改运，运随气转"相互呼应。

BENWang BI 设计

王炳南　1999

此标志的设计应用在个人的品牌
塑造上。使用个人英文名字为设计
元素,加入视觉化的设计手法是直
接且快速的方法之一,再次的修正
并夸张 "B" 字首, 使图形化的效
果大于文字感; 而因整体形象是欲
塑造一较有质感的个人品牌,所以
采 "B" 字为主, 并应用电脑手法,
使其产生立体的徽章效果。

Nac Nac

王炳南

Nac Nac（宝贝可爱）本身的产品属性是婴幼童的清洁用品，而要快速传达其产品本身的特性，在消费市场上是先决的条件。提案之初就界定了此方针，从提案设计中就可看出采用贴切可爱的婴童造型辅以英文品牌名，使消费者（妈妈或长辈）能感到此产品的亲和度，进而将其亲和感反映在婴童（使用者）身上。

哈尔滨燃气化工总公司

王亚非

用字母"H"和"G"作为构成要素，以正负形叠合构成标志主体图形。表现一种宏大的、庄重严谨的、一丝不苟的国家大型企业文化理念。庄重严谨之中配置代表宁静、安全的蓝色燃气火苗形象，标志正负形和字母缩写分别含有厂房、炼塔、气罐等形象。

HARBIN GAS CHEMICAL
CORPORATION

天马服饰

王茵茵

由于客户是一家服装服饰公司，因此标志顺应其品牌"介"字的笔型变化，以优美、繁复的古典花纹加入其中，以期待传达出天马服饰的高贵与典雅，而"介"与花纹的巧妙结合在整体上又形成了"天"字，契合了公司的名称。

天馬服飾

国宝集团

魏正

国宝集团标志以 GLOBAL 的字首作为设计的元素，并将中国图腾意象融入设计，以灵芝头、如意纹象征"吉祥如意"，与牡丹的"富贵无边"有着异曲同工之妙。结构上以四个连续圆弧代表"诚信、积极、永续、创新"的企业精神，并意味处世圆融之本。线条上由远至近的延续构成象征传承星火、开创新局的企图，亦有凝聚四方的意象。

循序渐进、生生不息、阴阳交融、四方逢源、众志齐力、创新无限的集团标志，自认依角度观之，皆有无限延伸之象，象征集团事业不断前进之意。

杉杉集团

魏正　1994

杉杉集团标志以音译Shan Shan及象征中国特有
"杉树" CHINAFIRS 作为设计题材外，并将大自
然的意蕴融入设计，以 "S" 字体象征生生不息，
杉树则有节节高升之意。

结构上以两个 "S" 作阴阳曲线之拓展变化，意
味杉杉集团由单一西服品牌进入多元化的集团
发展。而耸立挺拔的杉树图形，令人一眼即能联
想到杉杉从传统到现代的结合，更象征集团创
新突破的成长，以实现杉杉创中国一流的企业
品牌的目的。

深圳华侨城集团

魏正

以华侨城英文 Overseas Chinese Town的简称OCT作为设计素材: 三条圆弧取自 "O",中间的空白是 "C",外形为 T 的变形。图案本身有双重的意义:一个张开双臂、拥抱世界的人,展示华侨城走向世界、创建一流跨区域、综合性企业集团的决心和信心;另一意义是一棵成长参天大树的小苗,展现了华侨城从无到有、从小到大,高速成长的创业历史和蓬勃生机。用中国风格的扇形外观以开放型的设计,预示华侨城未来发展的广阔前景。整个标志既展现出华侨城人"中国心、世界情"的博大胸襟,又反映了华侨城人"寸草心、手足情",矢志回馈社会的美好情怀。

烟台蓝星玻璃（集团）股份有限公司

吴春晖　1997

烟台蓝星集团标志由"蓝星"拼音字头"L.X"经过独特设计演变而来。圆形代表喷薄而出的红日，象征生机、活力、热情与希望，蓝色与曲线代表大海，突出烟台的地方特色，象征科技力量的博大精深。星光的线条流畅，柔美，极具现代感，象征蓝星集团似一颗闪亮的明星，闪耀于中国，照亮于天地之间的气魄。

天津开发区兄弟汽车贸易有限公司

吴强

英文"AUTO(汽车)TRADE(贸易)"图案是字头"A"和"T"的组合，三角形与弧线的组合表示快速和时代感，对称的图案表示兄弟并肩合作携手共进的含义。

椭圆形蓝色的前景表示地球的海洋，同时有作国际进出口汽车贸易的含义。

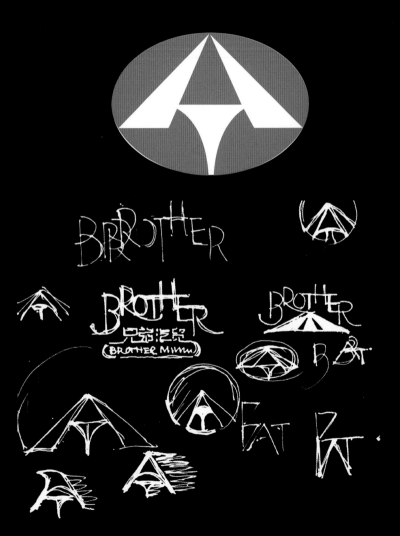

SEASON'S
GREETINGS

1

2

3

美心快餐店圣诞特别企业识别

香汉强　李健俊

美心快餐店圣诞特别企业识别，在最初阶段即
以圣诞树作出发点，在笔画的运用过程中，从正
反方向尝试，并以美心 Maxim`s 的"M"字作基
本元素，配以东方的笔法感觉，便成为这个具有
东西文化特色的企业标志。以红色作为主色调，
辅以手写笔触感觉，抽象地描画出一颗圣诞树
来。当从左方横看时，便能看成英文的字母
"M"，也就是美心的英文缩写了。

1. 基本图形
2. 反方向中笔画尝试
3. 把"M"字套入设计内
4. 将圣诞树和"M"字作修正，以达至和谐境界

4

河北中原集团

肖勇　1996

透视的椭圆近似春天地球公转的运动轨迹,蕴意企业集团的朝气蓬勃。中间菱形具有运动、向上、发展的内涵,意蕴不断发展的企业生命力和对企业美好未来的高瞻远瞩,象征中原企业充满生机与希望和企业集团化的雄厚实力。

标志造型严谨、动中有静,体现科学、秩序的经营管理,不断在竞争中求发展的开拓魄力。简洁的造型视觉效果强烈,便于记忆,具有时代感。

色彩具有信赖、典雅的内涵,代表集团化、多元化的实体。

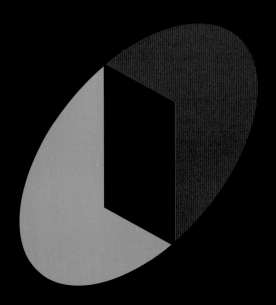

同和实业

许开强　1999

红桃 K 同和实业公司是实力雄厚的企业，我在受托设计其企业形象时，策划了三个创造：创造一流（1 字箭）、创造惊奇（感叹号）、创造财富（钱币）；形态追随理念，得来不费功夫。

红桃 K 同和实业公司是以造酒为龙头的实体。红桃 K 是以逗号为标识，其下属公司同和公司则定位在感叹号上（图 1）。同和上部为 1 型，整体形态意在突出创造一流，创意财富（见图 2，钱币形）、创造惊奇（见图 3）。红桃 K 为生血产品，同和公司为活血产品，色彩以红黑二色为主。

同和实业

T&H Industrial

唐人坊图文工程创意有限公司

薛吉生　1994

富有中国味的公司取名"唐人坊图文工程创意有限公司"以及其投资集团"大地"触发了此标志的设计思路。制作公司少不了运用工具创造文明世界，"唐"系中国历史上曾经发达的朝代，标志截取汉字"唐人"与"大地"的策划元素，通过断续的组合，勾画了一把利斧的外形。这是一种传统的劳动工具，从而涵盖了广告制作公司的构成内涵，也表达了标识的形象个性。

CHINESE STREET

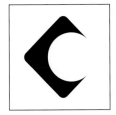

华大生化科技股份有限公司

颜永杰   1996

" **〈** " 为华大医疗 "Chinese Universal Technology Co., LTD" 之 "C" 开头，" **〈** " 象征显微镜之上俯视图形，而 " C " 为细胞分裂图形；Mark 上以医学元素为主，代表着华大生化科技将会以促进人类健康为己任而努力。整体结构呈现三角形，象征努力向上之动力， 而在三个端点上的 " ◆ " 图形让整个 Mark 更显动力，两侧的 " ◆ " 图形还扮演平衡稳定结构之角色，代表华大在稳定中求成长的经营理念。

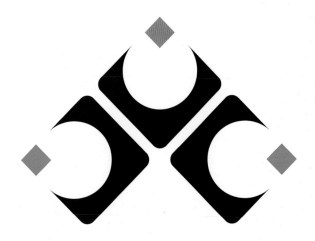

博士鸭畜产品实业

杨夏蕙　1997

以博士Doctor英文字首D，结合鸭的造型，明确
传达行业属性，而中心的圆点，象征核心专长，
无限能量的散发，展现一流的品质，一流的品牌
形象。

将色彩渐层表现，由橙色至咖啡色，除表现食品
业属性外，亦蕴涵着"博士鸭"品牌逐渐成熟稳
健、永续经营。

飞虎集团

岳晓泉　1996

飞虎集团是安徽省生产微型客货汽车为主的大型汽车工业企业。此品牌有着它的二重性，一则具象性，二则意象性，所谓飞虎，寓意汽车的性能、速度、动力、质量、形象之优良。由此定位，设计既要表现出是虎，而非猫、豹，又要有飞之态势，线条粗壮有力，刚柔相济，另一方面更重要的要符合制作工艺的要求，造型简洁、概括。写意画手法，表现了主题与内涵。

此标志设计采用抽象与具象相结合的手法。虎，现实中有之，然而"飞虎"却是人们意念中的形象，例如"飞马""龙""凤""小天使"等。此标志设计吸取了儿童简笔画的手法，简洁、明朗、高度概括地表现了"飞虎"的神韵，体现了现代工业企业的精神。

蘭宮大酒店

兰宫大酒店

岳晓泉　1988

兰宫大酒店是香港独资的集餐饮、娱乐、休闲为一体的三星级大酒店，地处银河湖畔，环境幽雅，风景迷人。建筑装饰以中国古典明、清时代风格为主，应用了现代材料，室内植物以兰为主，由此得名。因此，其徽标设计既要体现皇宫典雅，华贵的气魄，又要区别与花屋、茶楼。最后定位在"宫"字上。吸收了中国金石篆刻艺术之精华，使其图案化。"大红灯笼高高挂"配饰以花草展示该企业的属性及特点。

本设计选用中国的文字"宫"为主题，从中国的印章中吸取营养，采用中西结合的艺术手法，图文并茂，衬托主题。

深圳新茗堂

张达利

此图形设计元素运用一支毛笔加一杯咖啡、一支油画笔加一杯茶来体现中西文化融合之意念，成功地表现出新茗堂咖啡加茶加书廊之概念。

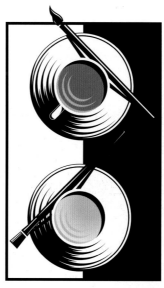

新 茗 堂

京泰"中国"实业有限公司

张格斯　1998

SAFETY 公司为专业经营劳动保护用品（安全产品）的进出口贸易公司，其中劳保手套为其规模最大的产品，现已发展至其它类，例如鞋类、服装类、口罩、面罩等多种产品。

手部为人体肢体语言最为丰富的部位，其丰富的变化可演变为标识的辅助图形。表示成功之意的手套造型的标志寓意经营者的自信，和企业的蓬勃生机。

开元中国金币经销中心

张磊　2000

(1)标志主体图,形似八卦,是由阴阳相依相生、循环互动、永无止境这一理念衍生而来,象征着企业的发展得天时、地利、人和,具有生生不息的无穷生命力。

(2)中间方形与椭圆外形的结合,形成钱币的形象特征,体现了公司的行业属性,同时方圆曲直相依共存,寓意公司即重视理性决策、科学管理,同时又培育开拓创新,富有激情的员工队伍的企业理念。

(3)两边的条纹通达流畅,融会贯通,象征着流通经销领域,既体现了公司的行业特征,同时也是对公司的发展顺达通畅,事业兴旺的美好祝愿。

(4)椭圆形是圆形的空间拓展形,更进一步展现无限发展的含义。

开 元 中 国 金 币
KAIYUAN CHINA GOLD COIN

1

2

3

4

上海世华有机农产品发展有限公司

张永飞　指导：励忠发　1999

上海世华有机农产品发展有限公司徽标是运用有机分子化学符号"○"与农作物的叶子融合在一起的抽象性图形。意在体现有机农产品的特性。白色的弧线一层层交叠向外界扩展沟通，点明了公司有机农产品的发展前景无比宽广。

徽标的绿色代表世华的有机农产品是符合国际环保潮流的健康的"绿色食品"。寓意着世华不仅仅开发农产品，更关注到整个生态环境，关注到人类的未来，全方位地为人类的健康服务。这种放眼未来的精神是公司得以发展的基础,也是超越自然的信念。

设计手法上采用阴阳对比、高度的概括,使徽标更简练，更具表现力。

1.有机符号基本形（几何正六边形）
2.有机符号与农作物叶子相融，有了"农产品"的内容
3.采用阴阳对比的手法，使标志具有现代感
4.最后调整，使白色的弧线与外界沟通，点明公司向外界发展的经营理念

康师傅方便面品牌识别

张正成

深圳华侨城保龄球馆

张志强　1997

深圳华侨城保龄球馆座落在深圳旅游胜地——华侨城风景区，是一家专业保龄球馆，毗邻世界之窗、民俗村等景点，由香港设计师设计建造，外型独特、色彩艳丽。所以在进行标志设计时，充分考虑建筑本身、行业特性及周围环境的和谐统一。

标志以色彩分割的保龄球瓶作为造型主体，给人以色彩缤纷、跳动的感受，直观、生动地表现了保龄球馆的行业特征。采取多原色式组合色彩，强化西洋特色及与建筑环境的和谐，突出运动的特点和文化风格。

简洁、洗炼的视觉语言，赋予标志一种现代的、富有朝气的精神。

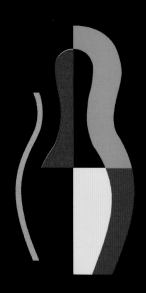

沈阳城市合作银行

赵琛

沈阳合作银行是沈阳成立最早的商业银行，1997年春正式定名为沈阳城市合作银行，随之推出了崭新的企业形象。

合作银行的标志为两只合拢的手，外圆、内方，构成了方孔古钱的图案；两手相扣恰好呈"S"状，即"沈阳"的首写拼音字母；手的正形与负形组成了"合"字，又呈现"城市"形象。此标志形象包含了"沈阳"、"城市"、"合作"和金融业的标志"钱币"三种意义。

此外，这一标志的标准色彩采用了价值连城的传世之宝—和氏璧的颜色，寓意城市合作银行具有永久的发展潜力。

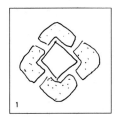

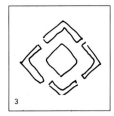

深圳市新银物业管理有限公司

庄玉君　1999

标志以新银物业首字母"X"构成一幅大厦俯视图，中心正方形是大厦物业的象征，外边四个箭形向内形成正形，代表规范管理同时又象征新银对外开拓精神。

橙色代表热情，绿色代表繁荣。

1.楼宇平面
2."X" 首字母
3.围墙、管理

深圳智多星会计咨询有限公司

庄玉君　　1998

标志以算盘珠子构成智多星首字母"Z",算珠既是"会计"象征,又是"点子"的体现,上下两排珠子构成"八颗闪闪之星",体现"智多星"这一含义,整个图形似商品条码,条码是商品进入市场的通行证,优秀的会计是企业运转进入正轨的保证。中间一红点象征"智多星"给客户带来的希望和光明。

1.算盘
2."Z"首字母
3.互助

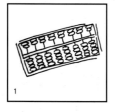

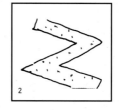

作者名录

林采霖〔台湾〕 女 营企总监
台湾形象策略联盟

林家阳 男 副教授
无锡轻工大学设计学院国际广告研究设计中心

刘欣欣 男 董事长
日本美思可达广告公司

吕淑梅 女 副教授
湖北工学院艺术设计学院

樊黎 设计师
神龙公司锦龙分公司

吕中元 男 创意总监
太阳创意（武汉）有限公司

罗斐 女 设计师
太阳创意（武汉）有限公司

母林 男 设计师
沈阳金时代广告公司

欧阳超英 男 高级工艺美术师
湖北工学院艺术设计学院

乔焱林 男 主任编辑
湖北日报社广告部

邱婉华 女 美术指导
广东黑马广告有限公司

商世民 男
湖北省商标局

石萍 女 副教授
广东教育学院美术系副教授

唐唯翔 男 创意总监
翔设计公司

滕达 男 CI设计师
长天国际控股有限公司

涂以仁〔台湾〕 男 设计指导
涂以仁设计事务所

王炳南〔台湾〕 男 创意总监
欧普广告设计股份有限公司

王亚非 男 副教授
鲁迅美术学院成人教育学院

王茵茵 女 设计师
北京彩石设计艺术中心

魏正　男　创意总监
艾肯形象策略公司

吴春晖　男　副教授
青岛海洋大学艺术教育中心
青岛方佳广告有限公司

吴强　男　创意总监
北京强涛图文电脑制作输出中心

香汉强　男　美术指导
陈与张广告有限公司

李健俊　男　副美术指导
陈与张广告有限公司

肖勇　男
中央美术学院设计系

许开强　男　副教授
湖北工学院美术系

薛吉生　男　高级工艺美术师
威尔克姆·吉逊设计工作室

颜永杰（台湾）　男　设计师
盘古视觉形象设计公司

杨夏蕙（台湾）　男　策略顾问
杨夏蕙设计事务所

岳晓泉　男
青岛大学美术系

张达利　男　设计总监
深圳市张达利设计有限公司

张格斯　男　设计师
武汉市国际展览公司

张磊　男　设计总监
北京彩石设计艺术中心

张永飞　男　设计师
上海天大企业形象设计有限公司

张正成（台湾）　男　创意总监
黄金印象设计有限公司

张志强　男　设计师
深圳市乙正形象设计有限公司

赵琛　男
北京赵琛创意企业形象设计公司

钟庆国　男
武汉金鼎广告公司

庄玉君　男　总设计师
深圳一庄标徽设计有限公司

《中国标志创意》丛书征集设计作品

《中国标志创意》丛书将陆续推介中国优秀的标志设计作品。

凡个人或所属公司创作的已经运用和新近发表的佳作，均可入选《中国标志创意》丛书中。每件应征作品需附简短的创意说明和作品阶段性的变化草图，需填写作品名称、作者、客户及设计机构等。作品、资料请存于电脑磁盘内随彩色样稿一并寄出，或将作品拍成反转片寄出。

参加者无须支付任何费用。作品一旦入选，每幅作品之稿酬由湖北美术出版社向作者赠样书一册代酬，参加者也可以优惠价格向湖北美术出版社购书。

来稿请寄：武汉市武昌黄鹂路 75 号 湖北美术出版社

　　　　　桂美武先生收

　　　　　邮编：430077　联系电话：027-86793505　86792589

　　　　　E-mail:sunimage@public.wh.hb.cn

- -

参加者请签署下列同意书与应征作品资料一起寄我社:

本人同意上述条件，准予湖北美术出版社刊载本人提供的设计作品。

参加者签名:

电话: